畫本唐詩選

七言絶句

（明）李攀龍／選編
［日］東洲老漁／書　橘石峰　紅翠齋主人／畫
李增暉　李苹萍／誦讀　朱祈樺／配樂

金城出版社
GOLD WALL PRESS
·北京·

圖書在版編目（CIP）數據

畫本唐詩選.七言絶句/（明）李攀龍選編；（日）東洲老漁書；（日）橘石峰，紅翠齋主人畫；李增輝，李萃萍誦讀；朱祈樺配樂.—北京：金城出版社有限公司，2021.12
ISBN 978-7-5155-2274-6

Ⅰ.①畫… Ⅱ.①李… ②東… ③橘… ④紅… ⑤李… ⑥李… ⑦朱…
Ⅲ.①唐詩－詩集 Ⅳ.① I222.742

中國版本圖書館 CIP 數據核字（2021）第 233368 號

畫本唐詩選（七言絶句）

作　　者	（明）李攀龍 選編 〔日〕東洲老漁 書　〔日〕橘石峰、紅翠齋主人 畫 李增輝、李萃萍 誦讀　朱祈樺 配樂
責任編輯	歐陽雲
責任校對	楊　超
責任印制	李仕杰
裝幀設計	飛鳥 裝幀設計 15810133062
開　　本	710 毫米 ×1000 毫米　1/32
印　　張	11
字　　數	91 千字
版　　次	2021 年 12 月第 1 版
印　　次	2021 年 12 月第 1 次印刷
印　　刷	天津旭豐源印刷有限公司
書　　號	ISBN 978-7-5155-2274-6
定　　價	68.00 圓

出版發行	**金城出版社有限公司** 北京市朝陽區利澤東二路 3 號 郵編：100102
發 行 部	（010）84254364
編 輯 部	（010）64214534
總 編 室	（010）64228516
網　　址	http://www.jccb.com.cn
電子郵箱	jinchengchuban@163.com
法律顾问	北京市安理律師事務所　（電話）18911105819

出版説明

《畫本唐詩選》是日本江户時代末期陸續刊刻的一套圖畫唐詩選集，共七編三十五卷，以當時風行中日的李攀龍（署）《唐詩選》爲底本，收入唐人五言七言絶句、古體、律詩近四百首，由當時著名書家、繪師書其詩文、圖其詩意，自日本文化元年（1804）至天保七年（1836），歷三十二年版刻而成。

傳爲明代著名文學家李攀龍選編的《唐詩選》是明末期至清中期流傳久遠、影響巨大的唐詩選本，僅從萬歷二十一年（1593）到崇禎十七年（1644）間，就有二十餘種不同刻本先後面市，在清中後期依然「盛行鄉塾間」。《唐詩選》東傳後，深受日本文人喜愛，翻刻和本多達四十餘種，對江户時代的詩學風尚影響極大。

本次出版依凌蒙初序《唐詩廣選》本調整了編次，略去了日文説解品評部分，并加入了釋文及誦讀音頻。因《唐詩選》中詩句與今通行版本略有出入，釋文中除對錯字進行修正外，均依凌蒙初序《唐詩廣選》。

目录

七言絶句

七言絶句

蜀中九日

王勃

九月九日望鄉臺，
他席他鄉送客杯。
人情已厭南中苦，
鴻雁那從北地來。

蜀中九日
王勃
九月九日望鄉臺他席他鄉送客杯
人情已厭南中苦鴻雁那從北地來

渡湘江

杜審言

遲日園林悲昔遊，
今春花鳥作邊愁。
獨憐京國人南竄，
不似湘江水北流。

贈蘇綰書記

杜審言

知君書記本翩翩，
爲許從戎赴朔邊。
紅粉樓中應計日，
燕支山下莫經年。

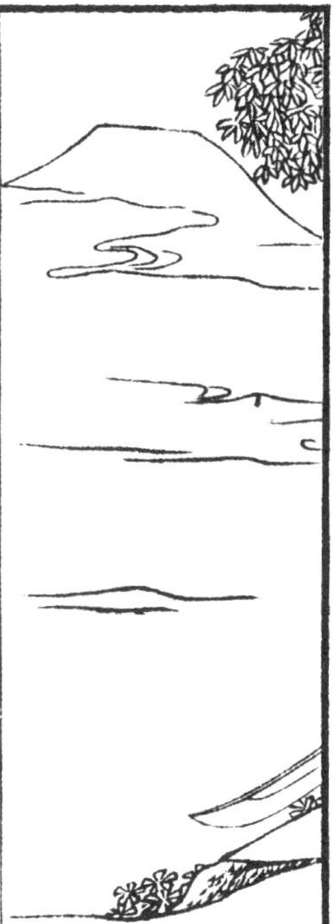

贈蘇館書記　　杜審言

知君書記本翩々為許從戎赴朔邊紅粉

樓中應計日燕支山下莫經年

戲贈趙使君美人

杜審言

紅粉青娥映楚雲，
桃花馬上石榴裙。
羅敷獨向東方去，
謾學他家作使君。

戲贈趙使君美人　杜審言
紅粉青娥映楚雲
桃花馬上石榴裙
羅敷獨向東方去
謾學他家作使君

銅雀臺

劉廷琦

銅臺宮觀委灰塵，
魏主園陵漳水濱。
即今西望猶堪思，
況復當時歌舞人。

堪思
況復當時歌
舞人

邙山

沈佺期

北邙山上列墳塋，
萬古千秋對洛城。
城中日夕歌鐘起，
山上惟聞松柏聲。

邙山

沈佺期

北邙山上列墳塋萬古千秋對洛城城

中日夕歌鐘起山上惟聞松柏聲

送司馬道士游天臺

宋之問

羽客笙歌此地違，
離筵數處白雲飛。
蓬萊闕下長相憶，
桐柏山頭去不歸。

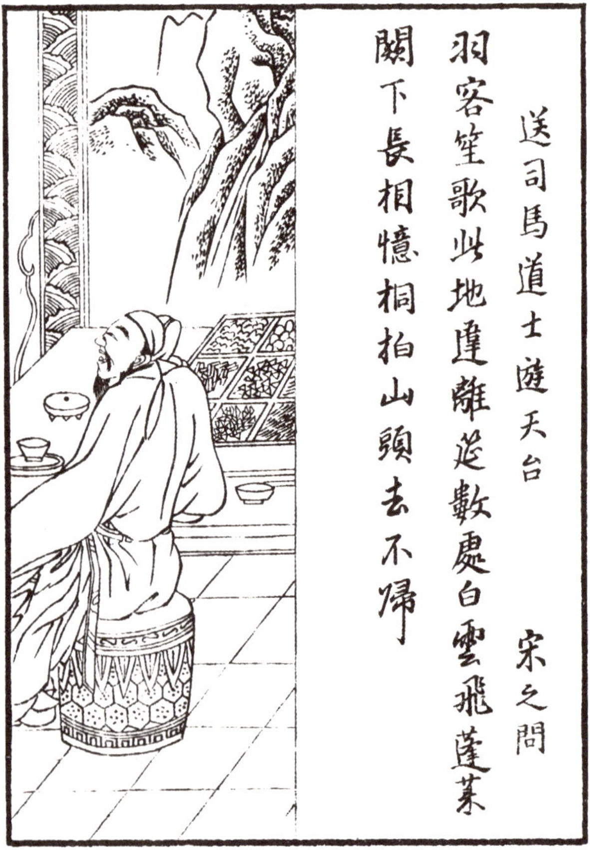

送司馬道士遊天台
宋之問
羽客笙歌此地違離筵數處白雲飛蓬萊
闕下長相憶桐柏山頭去不歸

送梁六

張說

巴陵一望洞庭秋，
日見孤峰水上浮。
聞道神仙不可接，
心隨湖水共悠悠。

凉州詞

王翰

葡萄美酒夜光杯，
欲飲琵琶馬上催。
醉卧沙場君莫笑，
古來征戰幾人回。

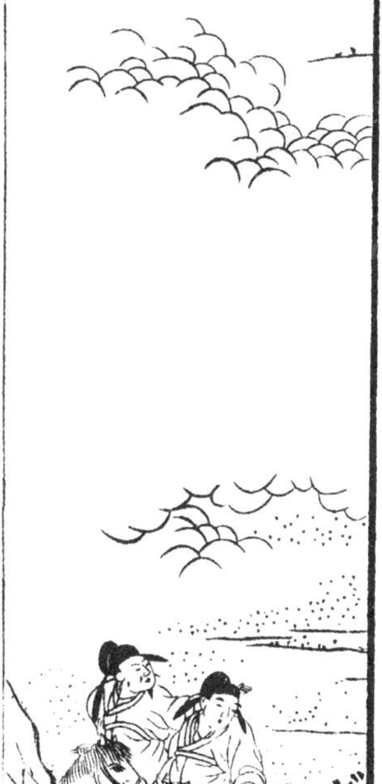

涼州詞

王翰

葡萄美酒夜光杯　欲飲琵琶馬上催
醉卧沙場君莫笑　古來征戰幾人回

清平調詞三首

李白

雲想衣裳花想容，
春風拂檻露華濃。
若非羣玉山頭見，
會向瑤臺月下逢。

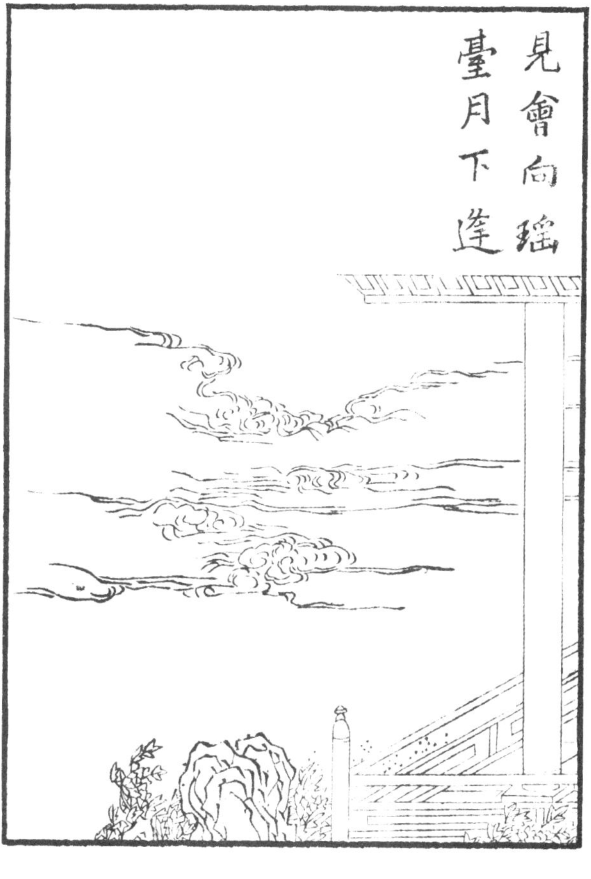
見會向瑤
臺月下逢

一枝濃艷露凝香，
雲雨巫山枉斷腸。
借問漢宮誰得似，
可憐飛燕倚新粧。

一枝濃艷露凝香　雲雨巫山枉斷腸

借問漢宮誰得似　可憐飛燕倚新粧

名花傾國兩相歡，
常得君王帶笑看。
解釋春風無限恨，
沉香亭北倚闌干。

客中行

李白

蘭陵美酒鬱金香，
玉碗盛來琥珀光。
但使主人能醉客，
不知何處是他鄉。

客中行
李白
蘭陵美酒鬱金香
玉碗盛來琥珀光
但使主人能醉客
不知何處是他鄉

峨眉山月歌

李白

峨眉山月半輪秋，
影入平羌江水流。
夜發清溪向三峽，
思君不見下渝州。

峨眉山月歌
李白
峨眉山月半輪秋影入
平羌江水流夜發
清溪向三峽思君
不見下渝州

上皇西巡南京歌

李白

誰道君王行路難，
六龍西幸萬人歡。
地轉錦江成渭水，
天迴玉壘作長安。

其二

李白

劍閣重關蜀北門，
上皇歸馬若雲屯。
少帝長安開紫極，
雙懸日月照乾坤。

聞王昌齡左遷龍標尉遙有此寄

李白

楊花落盡子規啼，
聞道龍標過五溪。
我寄愁心與明月，
隨風直到夜郎西。

聞王昌齡左遷龍標尉遙有此寄

李白

楊花落盡子規啼
聞道龍標過五溪
我寄愁心與明月
隨風直到夜郎西

黃鶴樓送孟浩然之廣陵

李白

故人西辭黃鶴樓，
烟花三月下揚州。
孤帆遠影碧空盡，
惟見長江天際流。

惟見長江天際流

陪族叔刑部侍郎曄及中書舍人賈至遊洞庭湖

李白

洞庭西望楚江分，
水盡南天不見雲。
日落長沙秋色遠，
不知何處弔湘君。

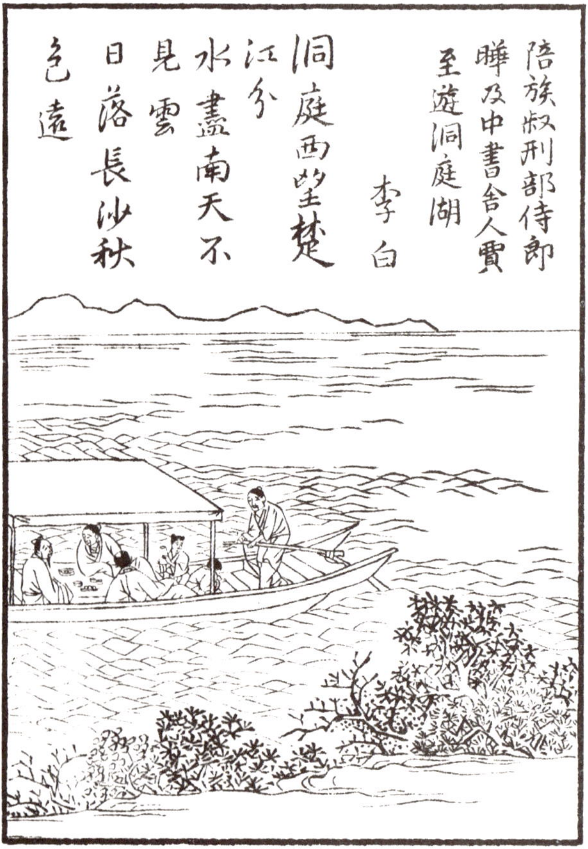

不知何處弔
湘君

望天門山

李白

天門中斷楚江開，
碧水東流至北迴。
兩岸青山相對出，
孤帆一片日邊來。

望天門山
李白
天門中斷楚江開
碧水東流至北迴
兩岸青山相對出
孤帆一片日邊來

秋下荆門

李白

霜落荆門江樹空，
布帆無恙掛秋風。
此行不爲鱸魚鱠，
自愛名山入剡中。

秋下荆門 李白

霜落荆門江樹空布帆無恙掛秋風此行不爲鱸魚鱠自愛名山入剡中

蘇臺覽古

李白

舊苑荒臺楊柳新，
菱歌清唱不勝春。
只今唯有西江月，
曾照吳王宮裏人。

蘇臺覽古　李白
舊苑荒臺楊柳新菱歌清唱不勝春
只今唯有西江月曾照吳王宮裏人

早發白帝城

李白

朝辭白帝彩雲間，
千里江陵一日還。
兩岸猿聲啼不住，
輕舟已過萬重山。

朝辭白
帝彩雲
間千里
江陵一
日還兩
岸猿聲
啼不住
輕舟已
過萬重
山

越中懷古

李白

越王勾踐破吳歸，
義士還家盡錦衣。
宮女如花滿春殿，
只今惟有鷓鴣飛。

越中懷古

李白

越王勾踐破吳歸義士還家盡錦衣
宮女如花滿春殿只今惟有鷓鴣飛

與史郎中欽聽黃鶴樓上吹笛

李白

一爲遷客去長沙，
西望長安不見家。
黃鶴樓中吹玉笛，
江城五月落梅花。

江城五月
落梅花

春夜洛城聞笛

李白

誰家玉笛暗飛聲，
散入春風滿洛城。
此夜曲中聞折柳，
何人不起故園情。

春宮曲

王昌齡

昨夜風開露井桃，
未央前殿月輪高。
平陽歌舞新承寵，
簾外春寒賜錦袍。

西宮春怨

王昌齡

西宮夜靜百花香，
欲捲珠簾春恨長。
斜抱雲和深見月，
朧朧樹色隱昭陽。

西宮春怨

王昌齡

西宮夜靜百花香欲捲珠簾春恨長
斜抱雲和深見月朧朧樹色隱昭陽

西宮秋怨

王昌齡

芙蓉不及美人粧，
水殿風來珠翠香。
却恨含情掩秋扇，
空懸明月待君王。

西宮秋怨
王昌齡
芙蓉不及美人粧水殿風來珠翠香
却恨含情掩秋扇空懸明月待君王

長信秋詞

王昌齡

真成薄命久尋思，
夢見君王覺後疑。
火照西宮知夜飲，
分明複道奉恩時。

長信秋詞
王昌齡
真成薄命久尋思夢見君王覺後疑
火照西宮知夜飲分明複道奉恩時

青樓曲

王昌齡

白馬金鞍從武皇，
旌旗十萬宿長楊。
樓頭少婦鳴箏坐，
遥見飛塵入建章。

青樓曲
王昌齡
白馬金鞍從武皇旌旗十萬宿長楊樓頭少婦鳴箏坐遥見飛塵入建章

閨怨

王昌齡

閨中少婦不知愁，
春日凝粧上翠樓。
忽見陌頭楊柳色，
悔教夫婿覓封侯。

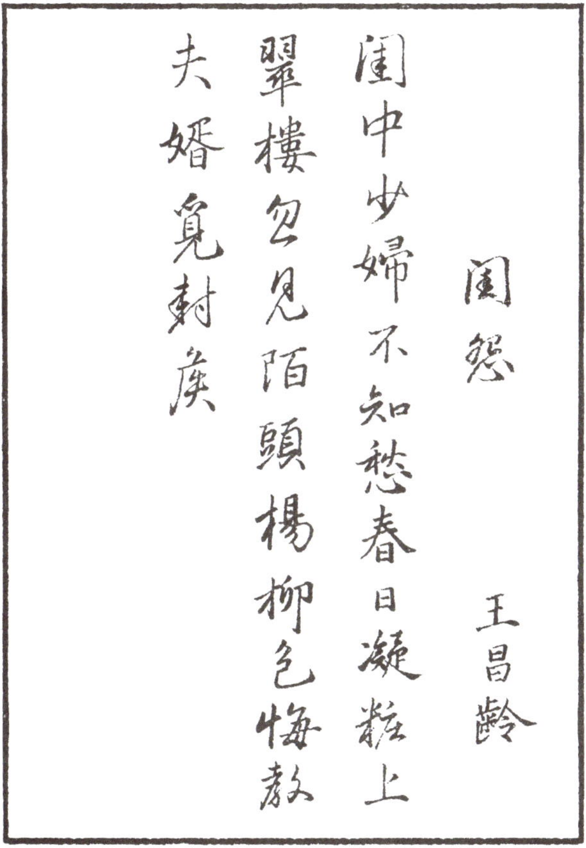

出塞行

王昌齡

白草原頭望京師，
黃河水流無盡時。
秋天曠野行人絕，
馬首東來知是誰。

从軍行

王昌齡

烽火城西百尺樓，
黃昏獨坐海風秋。
更吹羌笛關山月，
無那金閨萬里愁。

從軍行

王昌齡

烽火城西百尺樓黃昏獨坐海風秋
更吹羌笛關山月無那金閨萬里愁

從軍行

王昌齡

青海長雲暗雪山，
孤城遥望玉門關。
黃沙百戰穿金甲，
不破樓蘭終不還。

從軍行
王昌齡
青海長雲暗雪山孤城遥望玉門關黃沙百戰穿金甲不破樓蘭終不還

從軍行

王昌齡

秦時明月漢時關，
萬里長征人未還。
但使龍城飛將在，
不教胡馬度陰山。

秦時明月
漢時關萬
里長征人
未還但使
龍城飛將
在不教胡
馬度陰山

梁苑

王昌齡

梁園秋竹古時烟，
城外風悲欲暮天。
萬乘旌旗何處在，
平臺賓客有誰憐。

梁園秋竹古時烟
城外風悲欲
暮天萬乘
旌旗何處在
平臺賓客
有誰憐

芙蓉樓送辛漸

王昌齡

寒雨連江夜入吴，
平明送客楚山孤。
洛陽親友如相問，
一片冰心在玉壺。

芙蓉樓送辛漸

王昌齡

寒雨連江夜入吳
平明送客楚山孤
洛陽親友如相問
一片冰心在玉壺

送薛大赴安陸

王昌齡

津頭雲雨暗湘山，
遷客離憂楚地顏。
遙送扁舟安陸郡，
天邊何處穆陵關。

送薛大赴安陸　王昌齡

津頭雲雨暗湘山遷客離憂楚地顏
遥送扁舟安陸郡天邊何處穆陵關

送魏二

王昌齡

醉別江樓橘柚香，
江風引雨入船涼。
憶君遙在湘山月，
愁聽清猿夢裡長。

醉別江樓橘柚香江風引雨入舩凉
憶君遥在湘山月愁聽清猿夢裡長

盧溪別人

王昌齡

武陵溪口駐扁舟，
溪水隨君向北流。
行到荆門上三峽，
莫將孤月對猿愁。

盧溪别人

王昌齡

武陵溪口駐扁舟
溪水隨君向北流
行到荊門上三峽
莫将孤月對猿愁

重别李评事

王昌龄

莫道秋江离别难，
舟船明日是长安。
吴姬缓舞留君醉，
随意青枫白露寒。

重別李評事　　王昌齡

莫道秋江離別難
舟船明日是長安
吴姬緩舞畱君醉
隨意青楓白露寒

少年行

王維

出身仕漢羽林郎，
初隨驃騎戰漁陽。
孰知不向邊庭苦，
縱死猶聞俠骨香。

九月九日憶山東兄弟

王維

獨在异鄉爲异客，
每逢佳節倍思親。
遥知兄弟登高處，
遍插茱萸少一人。

獨在異鄉為異客每逢佳節倍思親
遙知兄弟登高處遍插茱萸少一人

與盧員外象過崔處士興宗林亭

王維

綠樹重陰蓋四鄰，
青苔日厚自無塵。
科頭箕踞長松下，
白眼看他世上人。

送韋評事

王維

欲逐將軍取右賢，
沙場走馬向居延。
遙知漢使蕭關外，
愁見孤城落日邊。

送韋評事
王維
欲逐將軍取右賢沙場走馬向居延
遙知漢使蕭關外愁見孤城落日邊

送沈子福之江東

王維

楊柳渡頭行客稀，
罟師蕩槳向臨圻。
唯有相思似春色，
江南江北送君歸。

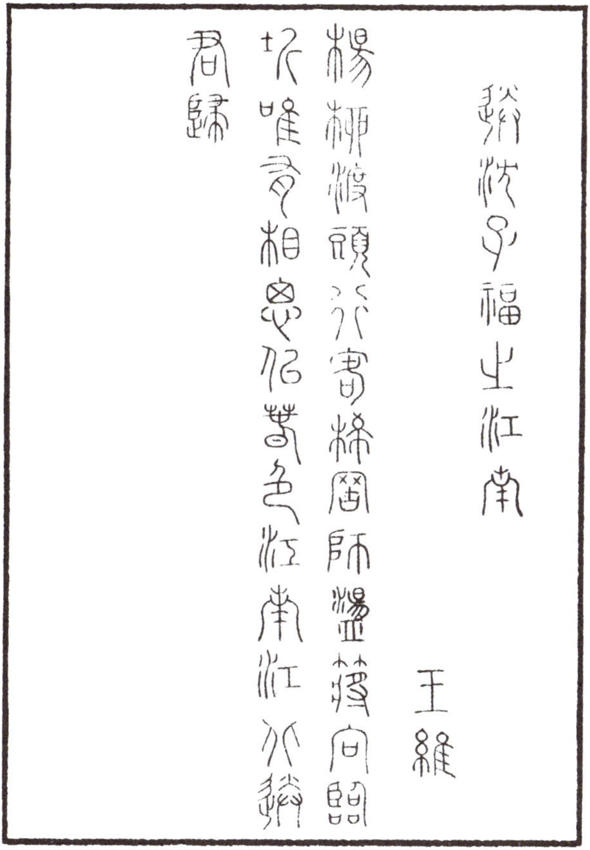

春思

賈至

艸色青青柳色黃，
桃花歷亂李花香。
春風不爲吹愁去，
春日偏能惹恨長。

其二

賈至

紅粉當壚弱柳垂，
金花臘酒解酴醾。
笙歌日暮能留客，
醉殺長安輕薄兒。

紅粉當壚弱栁垂金花臘酒解酴醾
笙歌日暮能留客醉殺長安輕薄兒

其二

西亭春望

賈至

日長風暖柳青青，
北雁歸飛入窅冥。
岳陽城上聞吹笛，
能使春心滿洞庭。

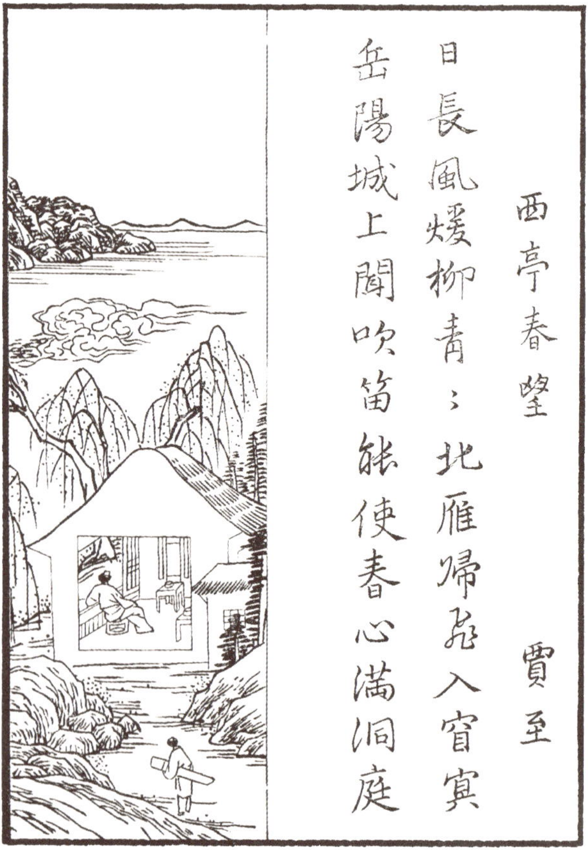

西亭春望
賈至
日長風煖柳青青北雁歸飛入窅冥
岳陽城上聞吹笛能使春心滿洞庭

初至巴陵與李十二白同泛洞庭湖

賈至

楓岸紛紛落葉多，
洞庭秋水晚來波。
乘興輕舟無近遠，
白雲明月吊湘娥。

初至巴陵與李十二白同泛洞庭湖
賈至

枫岸纷纷落
葉多洞庭秋
水晚来波
乘興輕舟
無近遠白雲
明月吊湘娥

送李侍郎赴常州

賈至

雪晴雲散北風寒，
楚水吴山道路難。
今日送君須盡醉，
明朝相憶路漫漫。

岳陽樓重宴別王八員外貶長沙

賈至

江路東連千里潮，
青雲北望紫微遙。
莫道巴陵湖水闊，
長沙南畔更蕭條。

岳陽樓重宴別王八員外貶長沙
賈至
江路東連千里潮青雲北望紫微遙
莫道巴陵湖水闊長沙南畔更蕭條

封大夫破播仙凱歌

岑參

漢將承恩西破戎，
捷書先奏未央宮。
天子預開麟閣待，
祇今誰數貳師功。

封大夫破播仙凱歌二首

岑參

漢將承恩西破戎捷書先奏未央宮

天子預開麟閣待秪今誰數貳師功

其二

岑参

日落轅門鼓角鳴，
千羣面縛出蕃城。
洗兵魚海雲迎陣，
秣馬龍堆月照營。

其二

日落轅門鼓角鳴千羣面縛出蕃城
洗兵魚海雲迎陣秣馬龍堆月照營

苜蓿烽寄家人

岑参

苜蓿烽邊逢立春，
葫蘆河上淚沾巾。
閨中只是空相憶，
不見沙場愁殺人。

苜蓿烽寄家人
岑參
苜蓿烽邊逢立春葫蘆河上淚沾巾
閨中只是空相憶不見沙塲愁殺人

玉關寄長安李主簿

岑參

東去長安萬里餘，
故人何惜一行書。
玉關西望腸堪斷，
況復明朝是歲除。

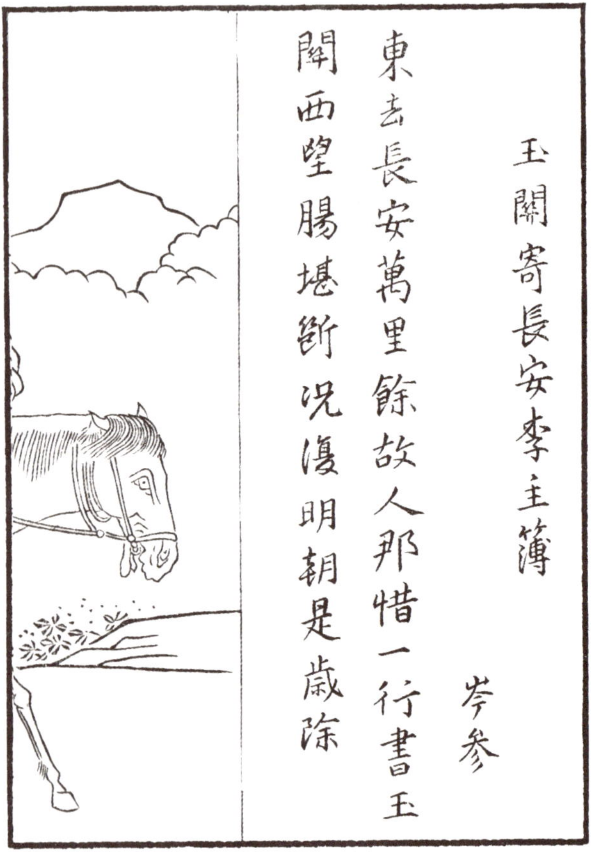
玉關寄長安李主簿
岑參
東去長安萬里餘故人那惜一行書玉
關西望腸堪斷況復明朝是歲除

逢入京使

岑參

故園東望路漫漫，
雙袖龍鐘淚不乾。
馬上相逢無紙筆，
憑君傳語報平安。

逢入京使
岑參
故園東望路漫〻雙袖龍鐘淚不乾
馬上相逢無紙筆憑君傳語報平安

磧中作

岑參

走馬西來欲到天，
辭家見月兩回圓。
今夜不知何處宿，
平沙萬里絕人烟。

今夜不知何處宿
平沙萬里絶人烟

虢州後亭送李判官使赴晉絳得秋字

岑參

西原驛路掛城頭，
客散江亭雨未休。
君去試看汾水上，
白雲猶似漢時秋。

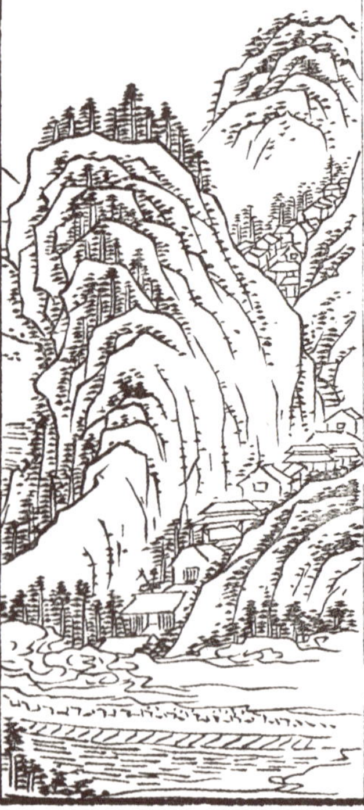

虢州後亭送李判官使
赴晉絳得秋字　岑參
西原驛路掛城頭客散江亭雨未休
君去試看汾水上白雲猶似漢時秋

送人還京

岑參

匹馬西來天外歸，
揚鞭只共鳥爭飛。
送君九月交河北，
雪裡題詩淚滿衣。

送人還京

岑參

匹馬西來天外歸
揚鞭只共鳥爭飛
送君九月交河北
雪裡題詩淚滿衣

赴北庭度隴思家

岑参

西向輪臺萬里餘，
也知鄉信日應疎。
隴山鸚鵡能言語，
爲報家人數寄書。

赴北庭
度隴思家

岑參

西向輪臺萬里
餘也知鄉信日應
疎隴山鸚鵡能
言語為報家人
數寄書

酒泉太守席上醉後作

岑參

酒泉太守能劒舞，
高堂置酒夜擊鼓。
胡笳一曲斷人腸，
坐客相看淚如雨。

酒泉太守席上醉後作
岑參
酒泉太守能劒舞高堂置酒夜擊鼓
胡笳一曲斷人腸坐客相看淚如雨

送劉判官赴磧西

岑參

火山五月行人少，
看君馬去疾如鳥。
都使行營太白西，
角聲一動胡天曉。

送劉判官赴磧西

岑參

火山五月行人少看君馬去疾如鳥
都使行營太白西角聲一動胡天曉

山房春事

岑參

梁園日暮亂飛鴉，
極目蕭條三兩家。
庭樹不知人去盡，
春來還發舊時花。

山房春事

岑参

梁園日暮亂飛鴉
極目蕭條三兩家
庭樹不知人去盡
春來還發舊時花

寄孫山人

儲光羲

新林二月孤舟還，
水滿清江花滿山。
借問故園隱君子，
時時來往住人間。

寄孫山人
儲光羲
新林二月孤舟還水滿清江花滿山
借問故園隱君子時時來往住人間

贈花卿

杜甫

錦城絲管日紛紛，
半入江風半入雲。
此曲祇應天上有，
人間能得幾回聞。

贈花卿
杜甫
錦城絲管日紛〻半入江風半入雲
此曲秪應天上有人間能得幾回聞

重贈鄭鍊

杜甫

鄭子將行罷使臣，
囊無一物獻尊親。
江山路遠羈離日，
裘馬誰爲感激人。

奉和嚴武軍城早秋

杜甫

秋風嫋嫋動高旌，
玉帳分弓射虜營。
已收滴博雲間戍，
更奪蓬婆雪外城。

奉和嚴武軍城早秋

杜甫

秋風嫋嫋動高旌玉帳分弓射虜營

已收滴博雲間戍欲奪蓬婆雪外城

解悶

杜甫

一辭故國十經秋，
每見秋瓜憶故丘。
今日南湖采薇蕨，
何人爲覓鄭瓜州。

書堂飲既夜復邀李尚書下馬月下賦

杜甫

湖水林風相與清，
殘尊下馬復同傾。
久擯野鶴如霜鬢，
遮莫鄰鷄下五更。

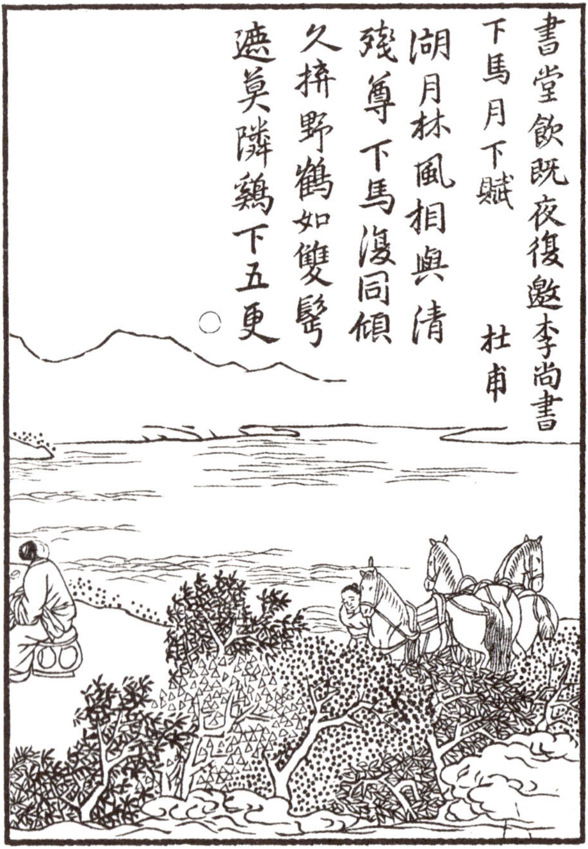

塞下曲

常建

玉帛朝回望帝京，
烏孫歸去不稱王。
天涯静處無征戰，
兵氣銷爲日月光。

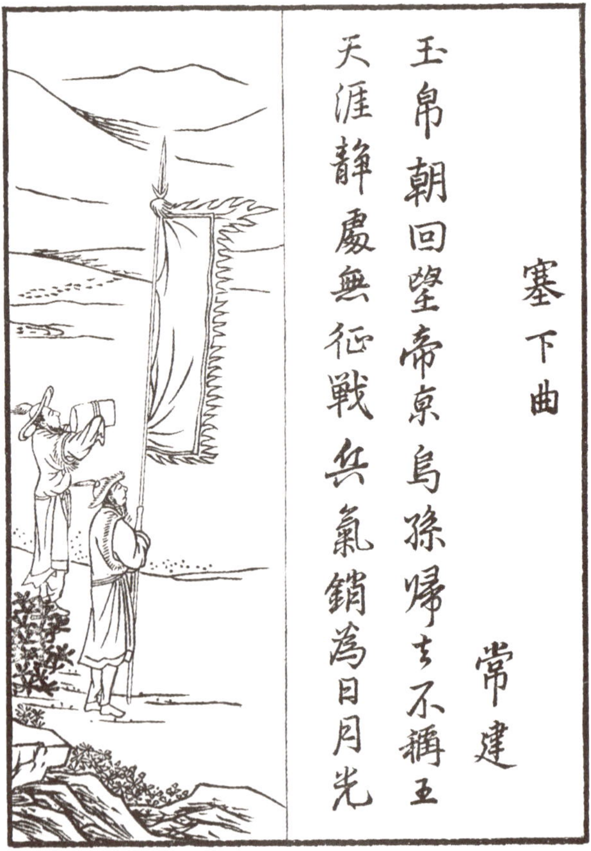
塞下曲
常建
玉帛朝回望帝京烏孫歸去不稱王
天涯静處無征戰兵氣銷爲日月光

其二

常建

北海陰風動地來，
明君祠上望龍堆。
髑髏盡是長城卒，
日暮沙場飛作灰。

送宇文六

常建

花映垂楊漢水清，
微風林裏一枝輕。
即今江北還如此，
愁殺江南離別情。

送宇文六
常建
花映垂楊漢水清微風林裏一枝輕
即今江北還如此愁殺江南離別情

三日尋李九莊

常建

雨歇楊林東渡頭，
永和三日盪輕舟。
故人家在桃花岸，
直到門前溪水流。

九曲詞

高適

鐵馬橫行鐵嶺頭，
西看邏逤取封侯。
青海只今將飲馬，
黃河不用更防秋。

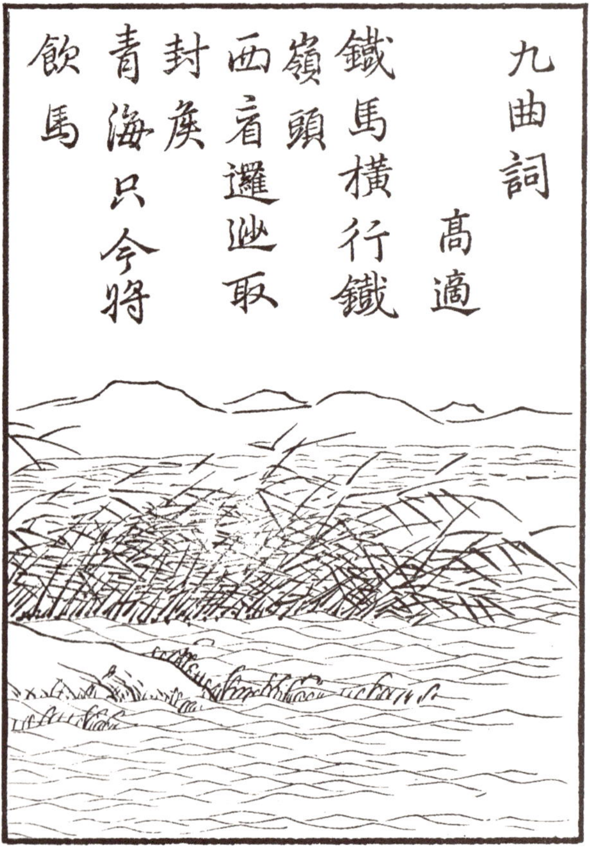

黄河不用更防秋

除夜作

高適

旅館寒燈獨不眠，
客心何事轉淒然。
故鄉今夜思千里，
霜鬢明朝又一年。

除夜作

旅館寒燈獨不眠客心何事轉淒然故鄉今夜思千里霜鬢明朝又一年

塞上聞吹笛

高適

雪淨胡天牧馬還，
月明羌笛戍樓間。
借問梅花何處落，
風吹一夜滿關山。

別董大

高適

十里黃雲白日熏，
北風吹雁雪紛紛。
莫愁前路無知己，
天下誰人不識君。

送杜十四之江南

孟浩然

荆吴相接水爲鄉，
君去春江正淼茫。
日暮孤舟何處泊，
天涯一望斷人腸。

寄韓鵬

李頎

爲政心閑物自閑，
朝看飛鳥暮飛還。
寄書河上神明宰，
羡爾城頭姑射山。

九日

崔國輔

江邊楓落菊花黃，
少長登高一望鄉。
九日陶家雖載酒，
三年楚客已霑裳。

題長安主人壁

張謂

世人結交須黃金，
黃金不多交不深。
縱令然諾暫相許，
終是悠悠行路心。

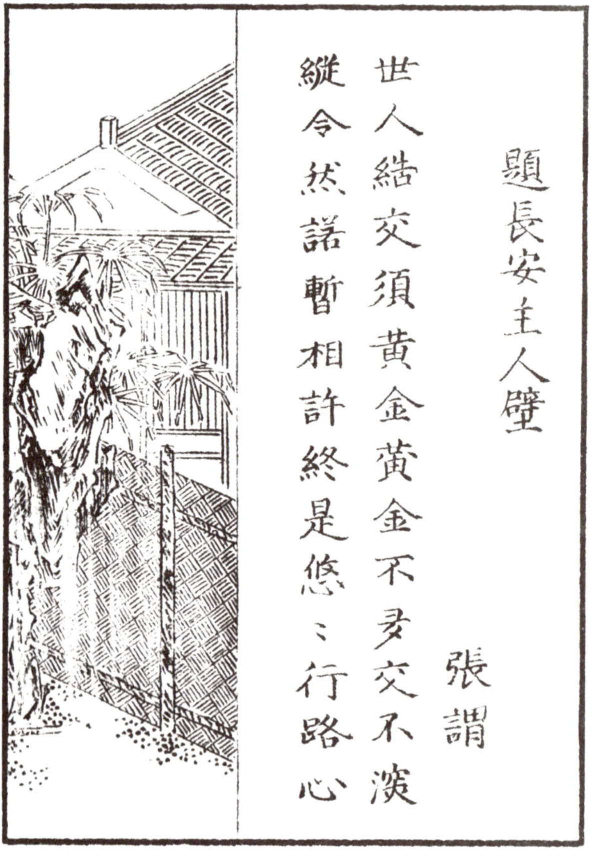
題長安主人壁
張謂
世人結交須黃金黃金不多交不深
縱令然諾暫相許終是悠ゝ行路心

送人使河源

張謂

故人行役向邊州，
匹馬今朝不少留。
長路關山何日盡，
滿堂絲竹爲君愁。

涼州詞

王之渙

黃河遠上白雲間，
一片孤城萬仞山。
羌笛何須怨楊柳，
春光不度玉門關。

凉州詞 王之涣

黃河遠上白雲間 一片孤城萬仞山
羌笛何須怨楊柳 春光不度玉門關

九日送别

王之涣

薊庭蕭瑟故人稀，
何處登高且送歸。
今日暫同芳菊酒，
明朝應作斷蓬飛。

九日送別
薊庭蕭瑟故人稀何處登高且送歸今日暫同芳菊酒明朝應作斷蓬飛

洛陽客舍逢祖咏留宴

蔡希寂

綿綿漏鼓洛陽城，
客舍平居絕送迎。
逢君買酒因成醉，
醉后焉知世上情。

少年行

吴象之

承恩借獵小平津，
使氣常游中貴人。
一擲千金渾是膽，
家無四壁不知貧。

江南行

張潮

茨菰葉爛別西灣，
蓮子花開猶未還。
妾夢不離江上水，
人傳郎在鳳凰山。

江南行
張潮
茨菰葉爛別西灣
蓮子花開猶未還
妾夢不離江上水
人傳郎在鳳凰山

軍城早秋

嚴武

昨夜秋風入漢關，
朔雲邊月滿西山。
更催飛將追驕虜，
莫遣沙場匹馬還。

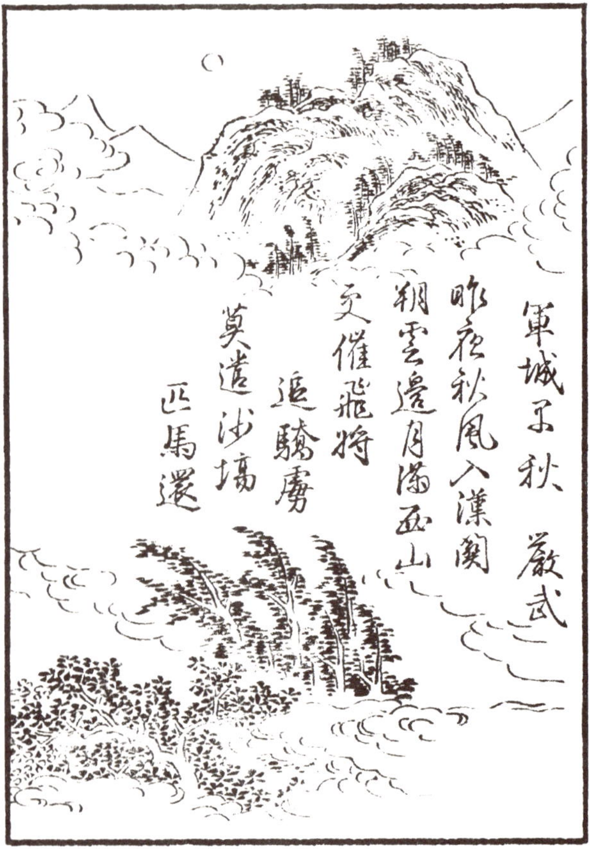

重送裴郎中貶吉州

劉長卿

猨啼客散暮江頭，
人自傷心水自流。
同作逐臣君更遠，
青山萬里一孤舟。

送李判官之潤州行營

劉長卿

萬里辭家事鼓鼙，
金陵驛路楚雲西。
江春不肯留行客，
草色青青送馬蹄。

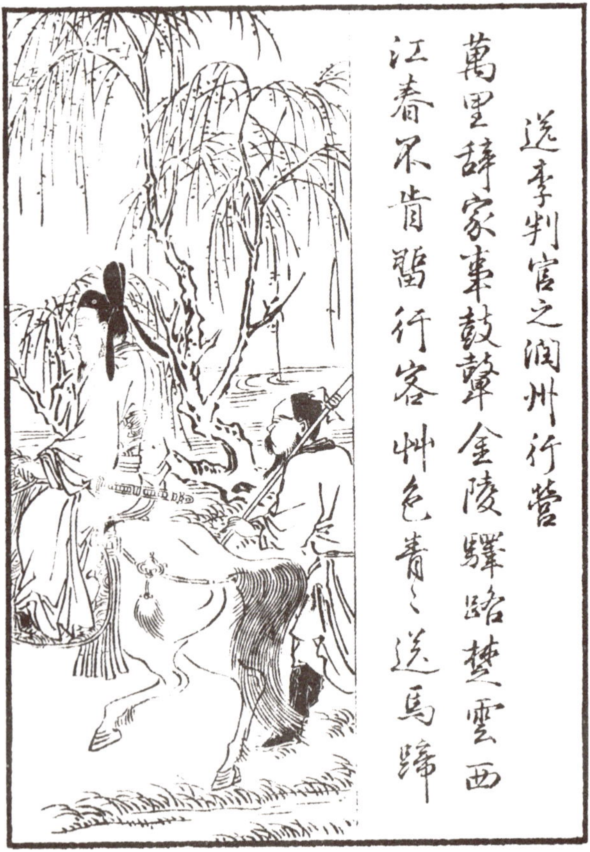
送李判官之潤州行營
萬里辭家事鼓鼙金陵驛路楚雲西
江春不肯留行客艸色青々送馬蹄

春行寄興

李華

宜陽城下草萋萋，
澗水東流復向西。
芳樹無人花自落，
春山一路鳥空啼。

春行寄興

李華

宜陽城下草萋〻

澗水東流復向西

芳樹無人花自落

春山一路鳥空啼

歸雁

錢起

瀟湘何事等閑回，
水碧沙明兩岸苔。
二十五弦彈夜月，
不勝清怨却飛來。

歸雁　錢起

瀟湘何事等閒回水碧沙明兩岸苔二十五弦彈夜月不
勝清怨卻飛來歸雁錢起

登樓寄王卿

韋應物

踏閣攀林恨不同，
楚雲滄海思無窮。
數家砧杵秋山下，
一郡荊榛寒雨中。

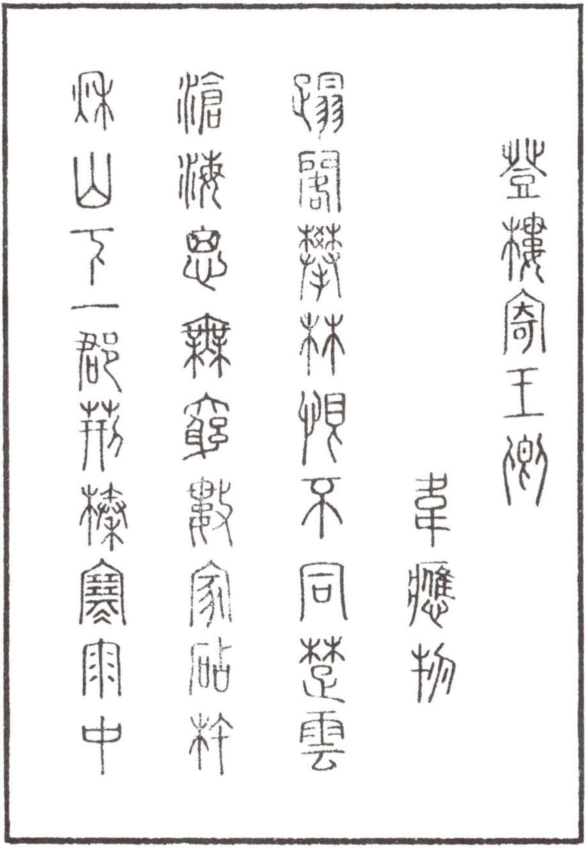

酬柳郎中春日歸揚州南郭見別之作

韋應物

廣陵三月花正開，
花裏逢君醉一回。
南北相過殊不遠，
暮潮從去早潮來。

送魏十六還蘇州

皇甫冉

秋夜沈沈此送君，
陰蟲切切不堪聞。
歸舟明日毗陵道，
回首姑蘇是白雲。

秋夜沈沈此送君 陰蟲切切不堪聞

歸舟明日毘陵道 回首姑蘇是白雲

曾山送别

皇甫冉

凄凄游子若飘蓬，
明月清樽祗暂同。
南望千山如黛色，
愁君客路在其中。

曾山送别
凄凄游子若飘蓬明月青樽祗暂同南望千山如黛色

愁尽客路在
其中

寒食

韓翃

春城無處不飛花，
寒食東風御柳斜。
日暮漢宮傳蠟燭，
青烟散入五侯家。

寒食
韓翃
春城無處不飛花寒食東風御柳斜日暮漢宮傳蠟燭青烟散入五侯家

送客知鄂州

韓翃

江口千家帶楚雲，
江花亂點雪紛紛。
春風落日誰相見，
青翰舟中有鄂君。

宿石邑山中

韓翃

浮雲不共此山齊，
山靄蒼蒼望轉迷。
曉月暫飛千樹裏，
秋河隔在數峯西。

宿石邑山中

浮雲不共此山齊　山靄蒼蒼望轉迷
曉月暫飛千樹裏　秋河隔在數峯西

送劉侍郎

李端

幾人同去謝宣城，
未及酬恩隔死生。
唯有夜猿知客恨，
嶧陽溪路第三聲。

楓橋夜泊

張繼

月落烏啼霜滿天，
江楓漁火對愁眠。
姑蘇城外寒山寺，
夜半鐘聲到客船。

聽角思歸

顧況

故園黃葉滿青苔，
夢後城頭曉角哀。
此夜斷腸人不見，
起行殘月影徘徊。

聽角思歸　顧況
故園黃葉滿青苔夢後城頭曉角哀此夜斷腸
人不見起行殘月影徘徊

宿昭應

顧況

武帝祈靈太乙壇，
新豐樹色繞千官。
那知今夜長生殿，
獨閉空山月影寒。

宿昭應
武帝祈靈太乙壇新豐樹色繞千官那知今夜長生殿獨閉空山月影寒

湖中

顧況

青草湖邊日色低，
黃茅瘴裡鷓鴣啼。
丈夫飄蕩今如此，
一曲長歌楚水西。

湖中

青草湖邊日色低　黃茅瘴裡鷓鴣啼

丈夫飄蕩今如此　一曲長歌楚水西

夜菐袁江寄李潁川劉侍郎

戴叔倫

半夜回舟入楚鄉，
月明山水共蒼蒼。
孤猿更叫秋風裏，
不是愁人亦斷腸。

寄楊侍御

包佶

一官何幸得同時，
十載無媒獨見遺。
今日無論腰下組，
請君看取鬢邊絲。

寄楊侍御
包佶
一官何幸得同時
十載無媒獨見遺
今日無論腰下組
請君看取鬢邊絲

汴河曲

李益

汴水東流無限春，
隋家宮闕已成塵。
行人莫上長堤望，
風起楊花愁殺人。

聽曉角

李益

邊霜昨夜墮關榆，
吹角當城片月孤。
無限塞鴻飛不度，
秋風吹入小單于。

邊霜昨夜墮關榆吹角當城片月孤無限塞鴻
飛不度秋風吹入小單于

夜上受降城聞笛

李益

回樂峰前沙似雪，
受降城外月如霜。
不知何處吹蘆管，
一夜征人盡望鄉。

夜上受降城聞笛
回樂峰前沙似雪
受降城外月如霜
不知何處吹蘆管
一夜征人盡望鄉

從軍北征

李益

天山雪後海風寒，
橫笛偏吹行路難。
磧裏征人三十萬，
一時回首月中看。

磧裏征人三十萬一時回首月中看

楊柳枝詞

劉禹鍚

煬帝行宮汴水濱，
數株楊柳不勝春。
晚來風起花如雪，
飛入宮墻不見人。

楊柳枝詞

煬帝行宮汴水濱　數株楊柳不勝春

晚來風起花如雪　飛入宮檣不見人

與歌者何戡

劉禹錫

二十餘年別帝京，
重聞天樂不勝情。
舊人唯有何戡在，
更與殷勤唱渭城。

與歌者何戡

二十餘年別帝京重聞天樂不勝情舊人
唯有何戡更與殷勤唱渭城

浪淘沙詞

劉禹錫

鸚鵡洲頭浪颭沙，
青樓春望日將斜。
銜泥燕子争歸舍，
獨自狂夫不憶家。

自朗州至京戲贈看花諸君

劉禹錫

紫陌紅塵拂面來，
無人不道看花回。
玄都觀裏桃千樹，
盡是劉郎去后栽。

涼州詞

張籍

鳳林關裏水東流，
白草黃榆六十秋。
邊將皆承主恩澤，
無人解道取涼州。

涼州詞

鳳林關裏水東流白草黃榆六十秋
邊將皆承主恩澤無人解道取涼州

十五夜望月

王建

中庭地白樹棲鴉，
冷露無聲濕桂花。
今夜月明人盡望，
不知秋思在誰家。

送盧起居

武元衡

相如擁傳有光輝，
何事闌干淚濕衣。
舊府東山餘妓在，
重將歌舞送君歸。

嘉陵驛

武元衡

悠悠風旆遶山川，
山驛空濛雨作烟。
路半嘉陵頭已白，
蜀門西更上青天。

漢苑行

張仲素

回雁高飛太液池，
新花低發上林枝。
年光到處皆堪賞，
春色人間總未知。

漢苑行　張仲素
回雁高飛太液池新花低發上林枝
年光到處皆堪賞春色人間總未知

塞下曲

張仲素

三戍漁陽再渡遼，
騂弓在臂劍橫腰。
匈奴似若知名姓，
休傍陰山更射雕。

塞下曲

張仲素

朔雪飄飄開雁門，
平沙歷亂捲蓬根。
功名恥計擒生數，
直斬樓蘭報國恩。

又
朔雪飄〻開雁门平沙歷亂捲蓬根功名恥
計擒生數直斬樓蘭報國恩

秋閨思

張仲素

碧窗斜月藹深暉，
愁聽寒螿泪濕衣。
夢裏分明見關塞，
不知何路向金微。

秋閨思
碧窗斜月靄深輝愁聽寒螿淚溼衣夢裏分明見
關塞不知何路向金微

郡中即事

羊士諤

紅衣落盡暗香殘，
葉上秋光白露寒。
越女含情已無限，
莫教長袖倚闌干。

登樓

羊士諤

槐柳蕭疏繞郡城，
夜添山雨作江聲。
秋風南陌無車馬，
獨上高樓故國情。

酬浩初上人欲登仙人山見貽

柳宗元

珠樹玲瓏隔翠微，病來方外事多違。
仙山不屬分符客，一任凌空錫杖飛。

砌法抄乃人生必須山居館　柳宗元

珠樹樹紅雞啼翠微　梅花開時酒香千遍遇仙

山雲層層有所不一線清光洞林花

題延平劍潭

歐陽詹

想象精靈欲見難，
通津一去水漫漫。
空餘昔日凌霜色，
長與澄潭白日寒。

長與激潭
白日齊

聞白樂天左降江州司馬

元稹

殘燈無焰影幢幢，
此夕聞君謫九江。
垂死病中驚坐起，
暗風吹雨入寒窗。

聞白樂天左降江州司馬

元稹

殘燈無焰影幢幢，此夕聞君謫九江。

垂死病中驚坐起，暗風吹雨入寒窗。

胡渭州

張祜

亭亭孤月照行舟，
寂寂長江萬里流。
鄉國不知何處是，
雲山漫漫使人愁。

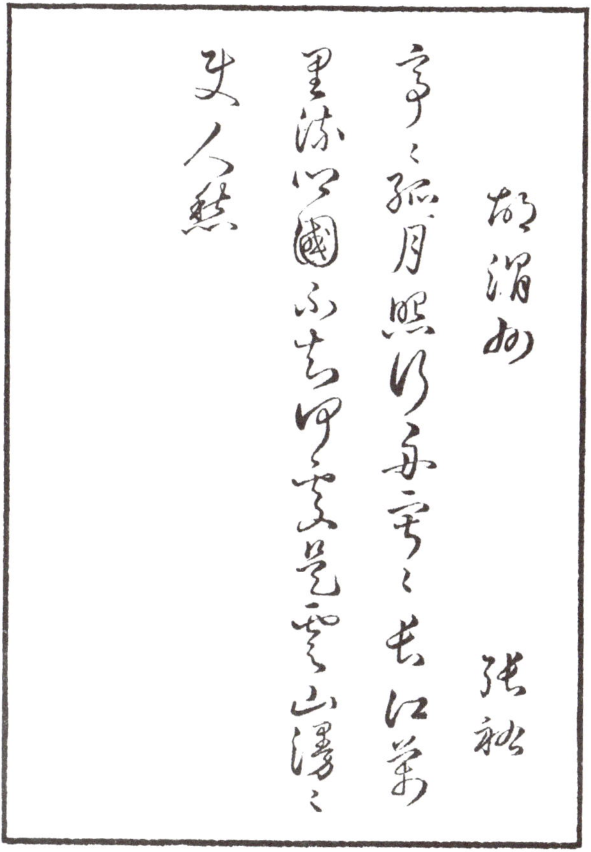

雨淋鈴

張祜

雨淋鈴夜却歸秦，
猶是張徽一曲新。
長説上皇垂淚教，
月明南内更無人。

虢夫人

杜甫

虢國夫人承主恩，
平明上馬入宮門。
却嫌脂粉污顏色，
淡掃蛾眉朝至尊。

虢國夫人承主恩平明騎馬入宮門 却嫌脂粉
污顏色淡掃蛾眉朝至尊

渡桑乾

賈島

客舍并州已十霜，
歸心日夜憶咸陽。
無端更渡桑乾水，
却望并州是故鄉。

成德樂

王表

趙女乘春上畫樓，
一聲歌發滿城秋。
無端更唱關山曲，
不是征人亦泪流。

成德樂

王表

趙女乘春上畫樓，一聲歌發滿城秋。

無端更唱關山曲，不是征人亦淚流。

漢宮詞

李商隱

青雀西飛竟未回，
君王長在集靈臺。
侍臣最有相如渴，
不賜金莖露一杯。

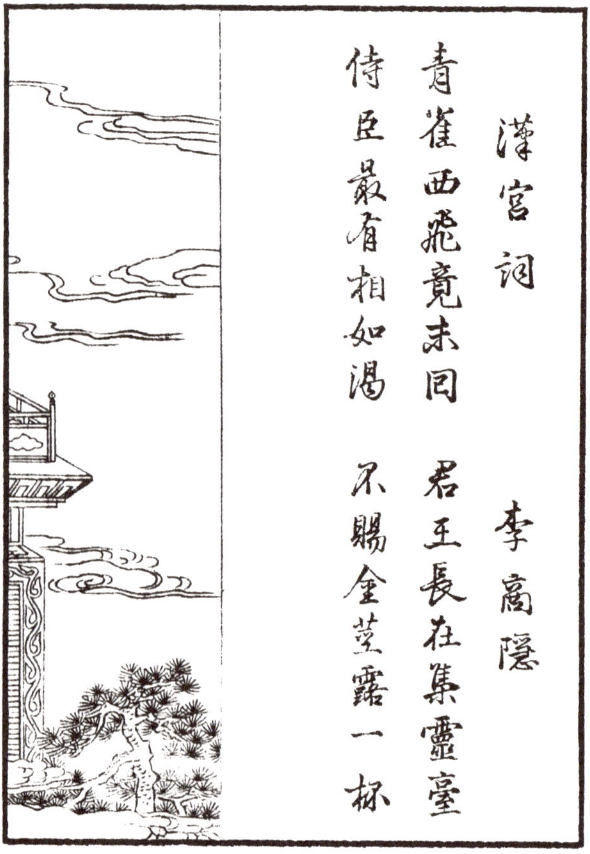

夜雨寄北

李商隱

君問歸期未有期，
巴山夜雨漲秋池。
何當共剪西窗燭，
却話巴山夜雨時。

寄令狐郎中

李商隱

嵩雲秦樹久離居，
雙鯉迢迢一紙書。
休問梁園舊賓客，
茂陵秋雨病相如。

寄令狐郎中

嵩雲秦樹久離居
雙鯉迢迢一紙書
休問梁園舊賓客
茂陵秋雨病相如

秋思

許渾

琪樹西風枕簟秋，
楚雲湘水憶同遊。
高歌一曲掩明鏡，
昨日少年今白頭。

琪樹西風枕簟秋 楚雲湘水憶同遊 高歌一曲掩明鏡
昨日少年今白頭

江樓舊感

趙嘏

獨上江樓思渺然，
月光如水水如天。
同來望月人何處，
風影依稀似去年。

江楼书感　　赵嘏

独上江楼思渺然　月光如水水连天

同来翫月人何处　风景依稀似去年

楊柳枝

温庭筠

館娃宫外鄴城西，
遠映征帆近拂堤。
繫得王孫歸意切，
不關春草緑萋萋。

折楊柳

段成式

枝枝交影鎖長門，
嫩色曾沾雨露恩。
鳳輦不來春欲盡，
空留鶯語到黃昏。

枝枝交影鎖長門嫩色曾沾雨露恩
鳳輦不來春欲盡空留鶯語到黃昏
折楊柳
段成式

宮怨

司馬禮

柳色參差掩畫樓，
曉鶯啼送滿宮愁。
年年花落無人見，
空逐春泉出御溝。

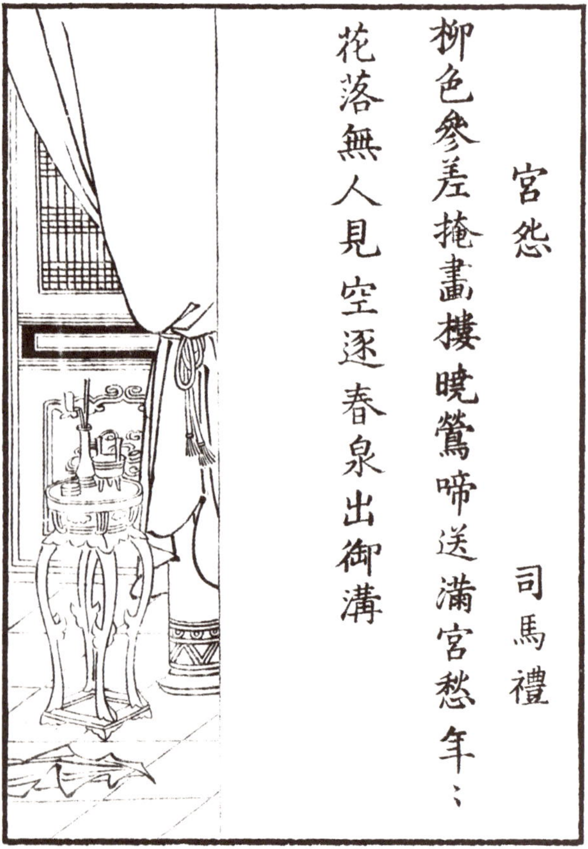

宮怨
司馬禮
柳色參差掩畫樓曉鶯啼送滿宮愁年、
花落無人見空逐春泉出御溝

宴邊將

張喬

一曲涼州金石清，
邊風蕭颯動江城。
座中有老沙場客，
橫笛休吹塞上聲。

退朝望終南山

李拯

紫宸朝罷綴鵷鸞，
丹鳳樓前駐馬看。
唯有終南山色在，
晴明依舊滿長安。

退朝望終南山
李拯
紫宸朝罷綴鵷鸞丹鳳樓前駐馬看唯有終南山
色在晴明依舊滿長安

華清宮

崔櫓

艸遮回磴絕鳴鑾，
雲樹深深碧殿寒。
明月自來還自去，
更無人倚玉闌干。

華清宮

崔魯

草遮回磴絕鳴鑾
雲樹深深碧殿寒
明月自來還自去
更無人倚玉闌干

古離別

韋莊

晴烟漠漠柳毵毵，
不那離情酒半酣。
更把玉鞭雲外指，
斷腸春色在江南。

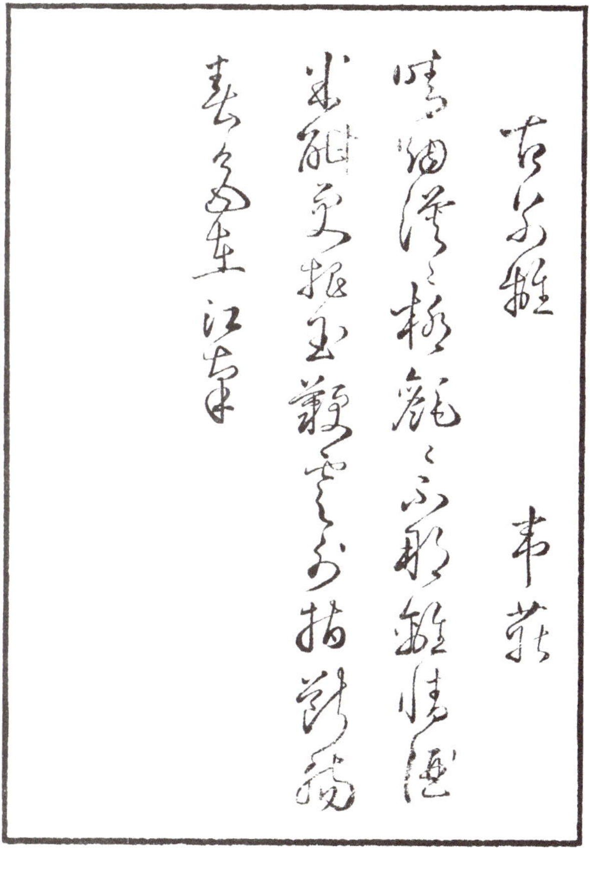

宮詞

李建勳

宮門長閉舞衣閑，
略識君王鬢已斑。
却羨落花春不管，
御溝流得到人間。

宮門長閉舞衣閒略識君王鬢已斑却羨落花
春不管御溝流得到人間

水調歌第一疊

張子容

平沙落日大荒西，
隴上明星高復低。
孤山幾處看烽火，
戰士連營候鼓鼙。

涼州歌第二疊

朔風吹葉雁門秋，
萬里烟塵昏戍樓。
征馬長思青海北，
胡笳夜聽隴山頭。

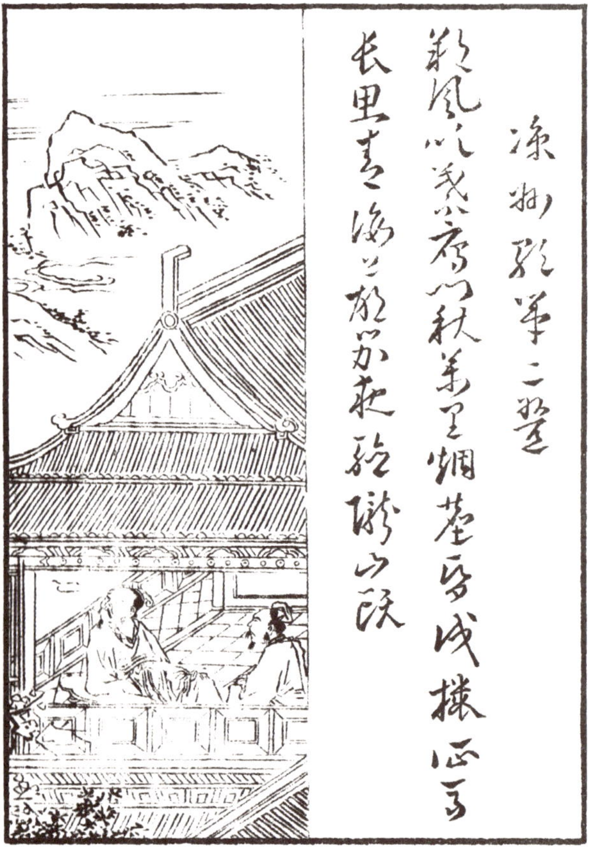
涼州歌第二疊
朔風吹葉雁門秋萬里烟塵昏戍樓征馬
長思青海北胡笳夜聽隴山頭

水鼓子第一疊

雕弓白羽獵初回，
薄夜牛羊復下來。
夢水河邊青草合，
黑山峰外陣雲開。

雕弓白羽獵初回 薄夜牛羊復下來 夢水河邊青草合
黑山峰外陣雲開

雜詩

陳祐

無定河邊暮笛聲，
赫連臺畔旅人情。
函關歸路千餘里，
一夕秋風白髮生。

初過漢江

無名氏

襄陽好向峴亭看，
人物蕭條值歲闌。
爲報習家多置酒，
夜來風雪過江寒。

初過漢江　　蘇石氏

襄陽好向峴亭看，人物蕭條歲月闌。
爲報習家多置酒，夜來風雪過江寒。

胡笳曲

無名氏

月明星稀霜滿野，
氈車夜宿陰山下。
漢家自失李將軍，
單于公然來牧馬。

胡笳曲
月明星稀霜滿野氈車夜宿陰
山下漢家自失李將軍單于公然來牧馬

塞上曲

王烈

紅顏歲歲老金微，
沙磧年年臥鐵衣。
白草城中春不入，
黃花戍上雁長飛。

塞上曲　王烈
紅顏歲〻老金微　沙磧年〻臥鐵衣　白草城中
春不入黄花戍上雁長飛

塞上曲

王烈

孤城夕對戍樓閑，
迴合青冥萬仞山。
明鏡不須生白髮，
風沙自解老紅顏。

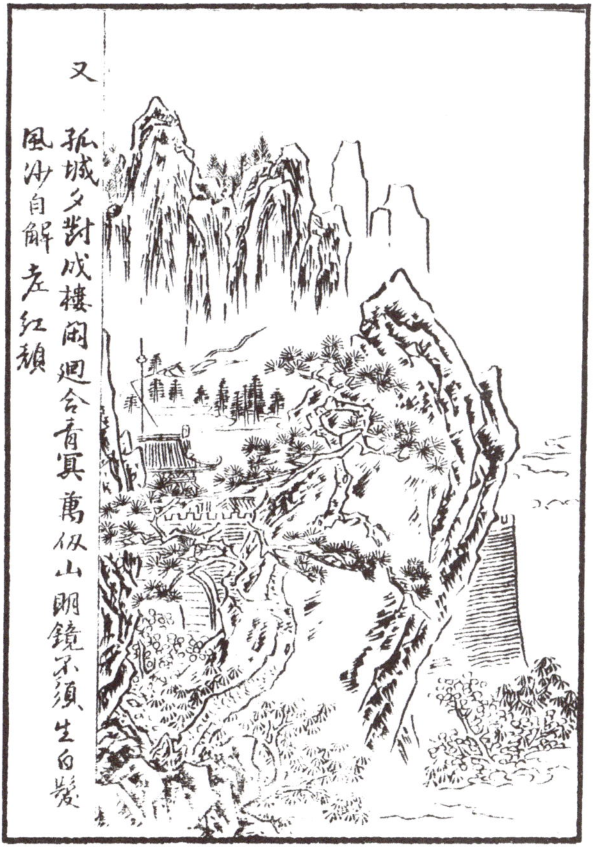

又
孤城夕對戍樓閑迴合青冥萬仞山明鏡不須生白髮
風沙自解老紅顏

邊詞

張敬忠

五原春色舊來遲，
二月垂楊未掛絲。
即今河畔冰開日，
正是長安花落時。

九日宴

張諤

秋葉風吹黃颯颯，
晴雲日照白鱗鱗。
歸來得問茱萸女，
今日登高醉幾人。

九日宴

張諤

秋葉風吹黃颯颯晴雲日照白鱗

歸來得問茱萸女今日登高醉幾人

西施石

樓穎

西施昔日浣紗津，
石上青苔思殺人。
一去姑蘇不復返，
岸旁桃李爲誰春。

和李秀才邊庭四時怨

盧弼

八月霜飛柳遍黃，
蓬根吹斷雁南翔。
隴頭流水關山月，
泣上龍堆望故鄉。

和李秀才邊庭四時怨　盧弼
八月霜飛柳遍黃蓬根吹斷雁南翔隴頭流水
關山月泣上龍堆望故鄉

又

盧弼

朔風吹雪透刀瘢，
飲馬長城窟更寒。
半夜火來知有敵，
一時齊保賀蘭山。

宴城東莊

崔敏童

一年始有一年春，
百歲曾無百歲人。
能向花前幾回醉，
十千沽酒莫辭貧。

一年始有一年春百歲曾無百歲人能向花前幾回醉十千
沽酒莫辭貧
宴城東莊
崔敏童

奉和同前

崔惠童

一月主人笑幾回，相逢相識且銜杯。
眼看春色如流水，今日殘花昨日開。

宿疎陂驛

王周

秋染棠梨葉半紅，
荆州東望草平空。
誰知孤宦天涯意，
微雨蕭蕭古驛中。

塞下曲

釋皎然

寒塞無因見落梅，
胡人吹入笛聲來。
勞勞亭上春應度，
夜夜城南戰未回。

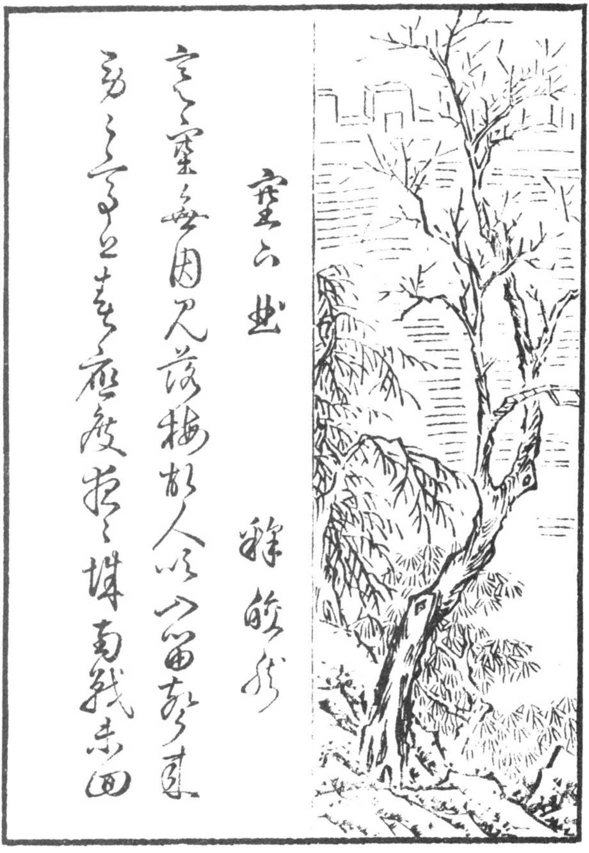

僧院

釋靈一

虎溪閑月引相過，
帶雪枀枝挂薜蘿。
無限青山行欲盡，
白雲深處老僧多。

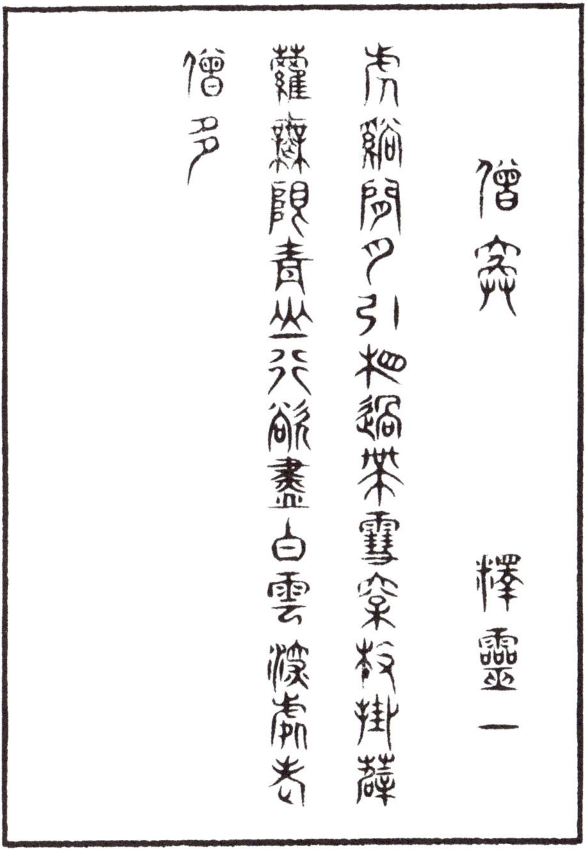